AF460438

PRINCIPES

POUR

L'EXAMEN DES FAITS

DE L'HISTOIRE ECCLÉSIASTIQUE,

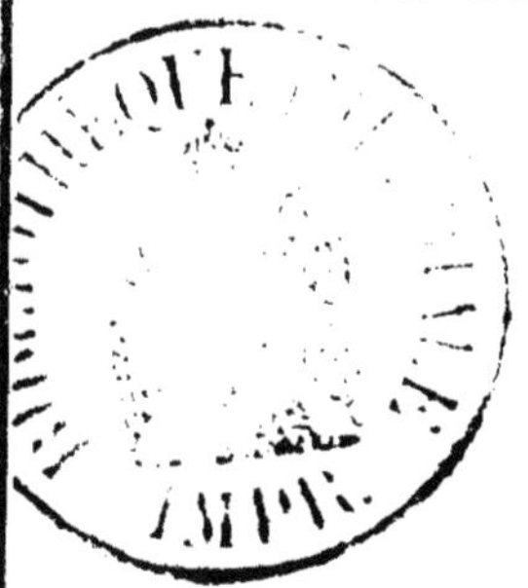

PAR ÉD. T.

BRUXELLES.
IMPRIMERIE DE J. VANDEREYDT,
RUE DE FLANDRE, 104.

1853

APPROBATION.

Ayant fait examiner l'opuscule : *Principes pour l'examen des faits de l'histoire ecclésiastique, par Éd. T.*, nous en permettons l'impression.

Malines, le 1er octobre 1852.

P. CORTEN, *Vic. Gén.*

COLLECTION DE PRÉCIS HISTORIQUES.

2e ANNÉE, 1853.

PRINCIPES

POUR

L'EXAMEN DES FAITS

DE L'HISTOIRE ECCLÉSIASTIQUE.

La vérité de l'histoire ou d'un fait historique repose sur l'autorité.

L'autorité est la force qui détermine l'assentiment ou la croyance à un fait certifié. Cette force résulte des garanties que le témoin donne de sa connaissance et de sa véracité. Dès qu'on a ces garanties, il n'est plus permis de récuser le témoignage ou l'attestation du fait.

Si le témoignage est rendu par Dieu, l'autorité est divine; s'il vient de l'homme, elle est humaine.

L'autorité divine donne, en toute chose, dès qu'elle est constatée, une certitude absolue, au-dessus de toute discussion. Dieu ne peut ni se tromper ni nous tromper; sa science et sa véracité sont infinies; l'erreur et le mensonge répugnent à son essence.

L'autorité humaine donne une certitude relative à la science et à la véracité du témoin. Elle doit passer par le creuset de la discussion.

La nature de l'autorité nous fait connaître celle de la foi. La foi, qu'on peut regarder comme l'effet de l'autorité d'autrui, est l'assentiment donné au témoignage, à la parole d'un autre. « Elle lie une intelligence à une autre intelligence. »

La foi, de même que l'autorité, est divine ou humaine.

La foi divine, sans laquelle il est impossible de plaire à Dieu, doit être ferme et inébranlable. Elle est appuyée sur l'autorité infaillible de Dieu; c'est son motif. Cette autorité infaillible de Dieu résulte nécessairement de sa science infinie, qui exclut toute possibilité d'erreur, et sur sa sincérité infinie, qui exclut toute possibilité de mensonge; en d'autres termes, Dieu ne peut ni se tromper ou être trompé, ni nous tromper. Il suit de là que le doute volontaire sur un seul article de la foi détruit toute la foi; car douter volontairement d'un seul article, c'est ne pas admettre pour cet article l'autorité infaillible, la science et la véracité infinies de Dieu : si Dieu peut se tromper ou nous tromper dans un seul point, sa science ou sa véracité est limitée; il n'est plus Dieu. Donc, en matière de foi divine, il ne s'agit que de s'assurer que Dieu a parlé, révélé. Cette parole, cette révélation est un fait.

La foi humaine repose sur l'autorité humaine. Le témoignage nous est rendu ou par des témoins proprement dits, ou par la tradition, ou par l'histoire. Il a pour objet une vérité positive, un fait. Examinons donc successivement la nature du fait, des témoins, de la tradition et de l'histoire, c'est-à-dire, le criterium de l'autorité; nous en ferons ensuite l'application à l'histoire ecclésiastique.

Dans la première partie de ce travail, nous ne ferons guère que suivre ou copier l'excellent traité sur ce criterium, que donne le père De Decker, de la Compagnie de Jésus, dans son *Cours élémentaire de philosophie*, tome II, leçon 8. La seconde partie repose sur le savant ouvrage du père Honoré de Sainte-Marie, carme déchaussé, qui est intitulé : *Réflexions sur la critique*.

La critique réactionnaire, née du protestantisme, tendait à mettre en doute les faits historiques contraires au système novateur; il est aussi arrivé souvent que des sectaires inventaient des fables pour faire mépriser le vicaire de Jésus-Christ et l'Église divine.

Les défenseurs de l'Église ont voulu faire justice de ces erreurs et de ces calomnies; mais ils ont commencé par établir eux-mêmes des règles de critique si sévères que tout homme raisonnable est obligé de les admettre pour la polémique. Ils avouent ou nient les faits d'après ces règles. Qu'il est beau pour l'Église d'avoir des apologistes qui sont les premiers à discuter, pour ainsi dire, sa gloire. On reconnait par là combien est grande la légèreté de ces lecteurs qui refusent d'admettre les faits les plus incontestables, par exemple, les miracles approuvés qui ont été soumis à la critique et à la procédure; tandis qu'ils croient souvent aux assertions les plus excentriques et les plus calomnieuses d'historiens sans critique, de romanciers sans honte.

PREMIÈRE PARTIE.

Criterium de l'autorité.

§ 1. Du fait.

Le fait est l'objet du témoignage. « Il exprime une de ces idées simples, lesquelles ne peuvent être expliquées que par leurs équivalents. Il signifie tout événement, toute chose qui se passe ou s'est passée, tant au sens physique qu'au sens moral. Le fait peut être envisagé sous plusieurs rapports. — 1° En lui-même, comme chose *réalisée*, *accomplie*, par opposition à ce qui est purement *possible*. Comme tel, il présente une réalité, quelque chose d'indestructible; ce *qui est, est*. *Quod factum est, infectum fieri nequit,* dit l'école. En effet, si le fait existe, aucune raison ne prouvera qu'il ne peut exister. Il est là, toujours identique à lui-même, et répondant de sa possibilité par sa seule existence. Tout fait dûment constaté, certifié par le genre de preuves qui lui convient, est donc par là même irrécusable. — 2° Considéré dans ses conditions d'existence, c'est-à-dire relativement au *temps* et à l'*espace*, le fait est *contemporain* ou *non contemporain*, *public* ou *privé*. La contemporanéité est un caractère relatif au témoin du fait, elle implique coexistence. — 3° Envisagé dans son *objet*, ou dans sa nature, il est *physique* ou *dogmatique*, selon qu'il constitue une vérité de simple existence ou une vérité soit intellectuelle, soit morale. — 4° Considéré dans sa cause, le fait est *naturel* ou *surnaturel*, suivant que l'agent qui le produit est renfermé ou non renfermé dans l'ordre des choses naturelles. — Enfin, 5° vu dans ses conséquences, il est plus ou moins important, selon le nombre et la nature des phénomènes auxquels il se lie : tels sont les faits, appelés sociaux, qui nous lient à la société dont nous sommes les membres. »

Pour connaître les conditions nécessaires à la légitimité du témoignage et les principes sur lesquels repose la force de l'autorité, il faut rechercher avant tout les conditions du fait.

Les conditions essentielles du fait sur lequel porte le témoignage sont : — a) Qu'il soit *possible* en soi et dans les circonstances qui l'accompagnent. Il faut que la chose ait pu se faire naturellement, ou, du moins, surnaturellement, par l'intervention divine. — b) Le fait doit être *sensible*, faire impression sur les sens, de manière qu'on puisse aisément l'apercevoir et qu'on ne doive pas se borner à une simple conjecture, à une combinaison arbitraire. — c) Le fait doit être assez *important* dans son genre pour avoir pu exciter l'attention, l'examen ou le contrôle des contemporains, selon la diversité de son objet scientifique, politique, moral ou religieux.

« Supposer, dit Rattier, que le récit d'un événement grave et entièrement imaginaire pourrait trouver crédit dans la croyance d'une nation et s'y maintenir sans opposition, sans démenti, sur la seule parole d'un imposteur, ce serait attaquer bien moins la certitude du témoignage que la certitude de la raison elle-même. Car il faudrait supposer, pour cela, une distraction bien extraordinaire, ou plutôt une suspension complète et absolue de la raison de tout un peuple. »

Les faits sensibles, possibles, importants, dont nous ne sommes pas les spectateurs, parviennent à notre connaissance de deux manières : par les témoins proprement dits, si les faits sont contemporains ou quasi contemporains ; par la tradition ou l'histoire, si les faits sont de beaucoup antérieurs à notre époque.

§ 2. Des témoins proprement dits.

« On entend par *témoignage* le rapport d'une ou de plusieurs personnes sur un fait, comme leur étant connu. Telle serait, par exemple, l'attestation de celui qui nous assurerait avoir vu un édifice s'écrouler, ou bien encore, qui nous communiquerait quelque résultat scientifique.

» Le témoignage présente une idée complexe qui renferme plusieurs éléments. Ces éléments, il faut avant tout les dégager et les mettre en lumière. — Celui qui a vu ou entendu le fait, en un mot, celui qui le connaît et peut en faire rapport, s'appelle *témoin*. L'acception de cette qualification est rigoureuse, si le fait certifié est physique, c'est-à-dire une vérité de simple existence. Au contraire, si l'objet de l'attestation est un fait de raison, une vérité dogmatique, soit intellectuelle, soit morale, celui qui le communique ou l'*enseigne*, s'appelle *maître*, relativement au *disciple*, qui reçoit l'*enseignement*. Mais tout témoignage n'est pas reçu, tout témoin ne mérite pas créance. Ce qui rend le fait attesté sûr, indubitable, s'appelle *autorité*, et l'on désigne par le mot *foi* l'adhésion ou l'assentiment que l'autorité produit dans celui qui la reconnaît.

» Le *témoin* est *oculaire* ou *auriculaire*, suivant qu'il a vu ou entendu le fait dont il dépose. Il est encore *immédiat* ou *médiat* : le premier est toujours contemporain du fait ; il n'en est pas de même du second.

Pour la légitimité du témoignage, d'où résulte la force de l'autorité, il doit conster de la science et de la sincérité des témoins. La science ou connaissance du fait les empêche de se tromper ; la sincérité ou le désir de dire vrai, les empêche de tromper les autres.

Or, comment pourra-t-il conster de ces deux qualités essentielles du témoignage ? Il faut pour cela « de la part des témoins : — a) Qu'ils soient nombreux et que leur déposition soit unanime, au moins quant à l'essence même du fait. — b) Que leur probité soit reconnue et garantie par l'absence de tout ce qui peut porter à la mauvaise foi. — c) Le témoignage est absolument irrécusable, s'il est prouvé que les témoins eussent été dans l'impossibilité de tromper, lors même qu'ils en auraient eu la volonté.

» Un témoignage revêtu de ces conditions est certain, authentique, irrécusable. La première de ces trois règles repose sur la relation des sens extérieurs. Elle nous assure que les témoins *ne se sont point trompés*. Il est impossible en effet qu'un grand nombre d'hommes se trompent sur un fait, surtout si, par sa nature, ce fait n'est pas un sujet d'illusion. Soutenir qu'ils ont pu s'imaginer voir ce qu'ils ne voyaient point, entendre ce qu'ils n'entendaient point, etc., c'est renverser la certitude des sens. Donc, la première règle exclut toute erreur. La seconde repose sur une loi de notre nature morale. Cette loi est pour l'homme l'inclination naturelle à dire la chose qui est, lorsque son intérêt ou ses passions ne le portent pas au mensonge. Elle nous assure par conséquent que les témoins ne *sont pas trompeurs*. Car il ne se peut qu'un grand nombre de témoins, agissant sérieusement, s'accordent en un même témoignage mensonger, surtout si le mensonge, loin d'être conforme à leurs intérêts, doit y être évidemment contraire. L'unité est le sceau visible de la vérité; celle-ci, toujours la même, est indépendante des conceptions de l'homme. Il en est autrement de l'erreur. N'ayant d'autre réalité que celle que l'homme lui prête, elle *varie* suivant les caractères, le genre d'esprit, les passions, etc. Supposer qu'un grand nombre d'hommes aient pu, surtout sans aucun intérêt, conspirer ensemble pour accréditer un mensonge, c'est renverser une loi de notre nature morale, c'est admettre un effet sans cause. Quant à la troisième règle, elle nous assure l'impossibilité, soit de la déception, soit du mensonge. Ces trois principes reviennent à cette proposition identique : Il n'y a ni *erreur* ni *mensonge* dans tel témoignage; donc ce témoignage est vrai. L'autorité qui le certifie est absolue, et la raison est sans force contre l'évidence d'un fait ainsi attesté. Reid a eu raison de dire : « Lorsque plusieurs » témoins s'accordent sur les détails très-nom- » breux d'un fait sans avoir pu se concerter d'a- » vance, l'évidence qui dérive de leur témoi- » gnage peut égaler l'évidence démonstrative. »

Les assertions des témoins acquièrent une grande autorité s'ils ont déposé en présence de personnes qui auraient eu de l'intérêt à les contredire, à démasquer l'erreur ou le mensonge, l'ignorance ou l'imposture. Il importe aussi d'examiner si le récit des témoins est conforme ou contraire à des préjugés qu'ils peuvent nourrir ;

si de leur témoignage il devait résulter pour eux de la gloire ou de l'infamie, du gain ou des pertes, des faveurs ou des vexations.

Le témoignage humain, marqué du sceau d'une autorité légitime, est un moyen de connaissance vraie et certaine.

« Un témoignage empreint de ce caractère est le témoignage d'un homme que l'on sait *connaître* la vérité et vouloir la *dire*. Or, accepter un tel témoignage, c'est acquérir une connaissance vraie et certaine; donc le témoignage, etc.

» 1° Nous ne pouvons récuser un tel témoignage sans blesser la raison autant que si nous refusions d'adhérer au témoignage du sens intime, à celui des sens externes et même de l'évidence. Donc le témoignage humain opère une conviction égale. « Quelle raison aurions-nous,
» dit Rattier, de croire à la véracité de nos percep-
» tions personnelles, si nous refusions de croire
» à ce que les autres hommes nous attestent com-
» me l'ayant vu, senti, perçu ? Si la conscience, la
» mémoire, les sens, la raison sont en nous des
» moyens légitimes de connaître, pourquoi ne le
» seraient-ils pas dans les autres hommes ? Quoi !
» le témoignage de l'intelligence humaine ne se-
» rait infaillible que dans le *moi*; il perdrait toute
» sa valeur, il cesserait d'être véridique et certain,
» du moment qu'il émanerait d'un autre homme

» que nous; de sorte que plus les dépositions se» raient nombreuses, moins elles seraient croya» bles! On ne saurait pousser la déraison plus » loin. »

» 2° La conviction des hommes, à l'égard de certains faits dûment attestés, est aussi indestructible que celle qui résulte du témoignage de leurs propres yeux. Quel est celui qui doute de l'existence de certaines villes, de certains fleuves, de quelques personnages célèbres, de quelques grands événements, etc.? Mettre en question des faits de cette nature, ne pas s'en rapporter au témoignage de ses semblables pour les admettre, ce serait faire preuve d'extravagance ou de folie.

» 3° Sans l'autorité la vie humaine serait impossible. — Dans le monde moral, dit Frayssinous, comme dans le monde physique, tout roule sur des faits que nous n'avons pas vus et que nous croyons toutefois sur le témoignage de nos semblables. Oui, dans ce qui regarde les âges passés, les sciences, les lettres et les arts, la société domestique et civile, dans toutes les affaires humaines qui nous occupent sur la terre, nos opinions, nos connaissances, nos devoirs même, se lient à des faits placés à une époque ou à une distance plus ou moins éloignée de nous, et qui nous sont transmis par une suite, un accord de témoignages intermédiaires, donnés de vive voix ou par écrit. Quel est le physicien, le chimiste, le naturaliste, le jurisconsulte qui, dans l'enseignement public ou dans ses ouvrages, ne s'appuie sur des expériences, des observations, des faits qu'il n'a pas eus sous les yeux et que néanmoins il regarde comme certains? —

» La proposition établie est générale. Elle s'étend à tout fait attesté par les hommes, tant passé que contemporain, tant naturel que surnaturel. »

§ 3. De la tradition et de l'histoire.

La transmission des faits a eu lieu par la tradition. La tradition est orale ou écrite : la tradition orale est ce qu'on a appelé communément *tradition;* la tradition écrite est l'histoire. Voilà les deux moyens principaux qui certifient l'existence des faits passés.

1° De la tradition.

On entend, en général, par tradition, tout témoignage primitif qui se perpétue d'âge en âge au sein d'une famille, d'une tribu, etc., et qui a pour objet un fait quelconque. Dans un sens spécial, et tel que nous l'entendons ici, la tradition est la transmission *orale* d'un fait par des personnes qui se sont succédé les unes aux autres dans toute la durée d'un temps, à commencer à l'époque où le fait s'est passé. C'est ainsi que l'on voit souvent, dans une contrée, se perpétuer la mémoire d'un service signalé, rendu au pays par quelque personnage célèbre. »

Pour que la tradition soit légitime et fasse autorité, il faut : — a) que le fait transmis ait les conditions requises ; — b) que la tradition soit constante et non interrompue, de manière qu'on puisse suivre la série traditionnelle depuis l'événement jusqu'à nos jours, que tous les anneaux de la chaîne se tiennent; — c) la tradition doit être ample, c'est-à-dire qu'il faut, dans chaque époque, plusieurs personnes qui transmettent le fait.

Ces conditions reviennent à celles qui sont requises dans les témoins ; en effet, la tradition se fait au moyen de témoins successifs. Les témoins *oculaires* et contemporains qui ont vu le fait, en transmettent la connaissance à des hommes qui ne l'ont pas vu ; ceux-ci deviennent dès lors témoins *auriculaires*, et font connaître à une nouvelle génération ce qu'ils ont appris ; et ainsi de suite, dans la succession des temps.

« *Un fait traditionnel, attesté par un témoignage légitime, est l'objet d'une connaissance vraie et certaine.*

» En effet, — 1° un tel fait est vrai à son origine. Le témoignage des contemporains en fait foi. — 2° Il est encore vrai après avoir traversé les siècles. La tradition légitime, étant constante, forme une chaîne dont les anneaux se tiennent, et qui remonte jusqu'à l'époque où le fait s'est accompli. Elle reste donc la même, sans s'altérer, du moins quant à la substance du fait et à ses circonstances essentielles. Le mélange perpétuel des générations diverses, qui s'enlacent étroitement et composent la société, rend impossibles et la déception et l'imposture. Toute tentative de mensonge, au sujet d'un fait important et public, ne manquerait pas de soulever les réclamations des contemporains, et ces réclamations retentiraient à leur tour dans tous les âges subséquents. Donc, la tradition restant la même à toutes les époques de sa durée, la certitude du fait qu'elle transmet est égale à celle d'un fait contemporain. Donc un fait traditionnel, etc. »

2° De l'histoire.

« Dans les premiers âges de la société humaine, tous les arts, excepté ceux de première nécessité, étaient inconnus. La connaissance des faits dut alors se transmettre par la seule voie de la tradition. L'histoire vint ensuite pour l'appuyer et en assurer la transmission à la postérité; on peut donc la définir : le récit fixé par l'écriture, d'un fait ou d'un ensemble de faits qui se sont accomplis dans des temps antérieurs à celui où nous vivons.

» L'histoire, comme la tradition, a ses conditions de légitimité. Trois caractères doivent concourir pour rendre son témoignage irrécusable, savoir : l'*authenticité*, l'*intégrité* et la *vérité*. La première de ces trois conditions a pour but de montrer que l'histoire a été véritablement composée dans le temps, et par l'auteur auquel on l'attribue. On juge par là des moyens qu'avait l'historien de connaître les faits qu'il rapporte, et, par suite, du degré de confiance qu'il mérite. La seconde a pour but de montrer que l'histoire est parvenue jusqu'à nous sans *altération*, du moins essentielle. La troisième doit mettre en évidence que les faits se sont réellement passés tels qu'ils sont racontés. Il appartient à la critique de fixer des règles à cet égard; elles sont intrinsèques et extrinsèques, et portent sur la nature du fait, sur le caractère de l'auteur, sur sa manière d'écrire, en même temps que sur ses contemporains et sur le caractère du siècle auquel il appartient. Ces diverses conditions étant observées, le fait historique se place sur la même ligne que le témoignage en général. Donc :

Un fait historique, attesté par un témoignage légitime, est l'objet d'une connaissance vraie et certaine.

« Cette proposition est incontestable, si — a) un fait important, public, est rapporté d'une manière uniforme, du moins quant à la substance, par plusieurs auteurs, ou même par un seul, mais dont le témoignage équivaut à plusieurs ; et — b) si le fait, ainsi attesté, repose en définitive sur la déposition des témoins immédiats. Or, cette double condition se vérifie dans une histoire légitime.

SECONDE PARTIE.

Application du criterium de l'autorité à l'histoire ecclésiastique.

L'objet de la critique appliquée à l'histoire est l'examen des sources et des monuments qui transmettent la vérité historique ; dans cet examen, on discute l'authenticité, l'intégrité, l'âge, le sens des documents, les conditions essentielles du témoignage, de la tradition et de l'histoire. L'historien critique est le juge de l'autorité.

La critique a des règles, des principes, d'après lesquels elle cherche à discerner le vrai du faux, le certain de l'incertain.

Dans cette discussion, deux défauts extrêmes sont à éviter : la crédulité, ou la facilité à croire des faits peu vraisemblables; l'incrédulité, ou la facilité à rejeter des faits authentiques.

Dès les premiers temps de l'Église, il y a eu des écrivains menteurs qui ont supposé leurs inventions et produit comme faits leurs mensonges. Faussaires hypocrites, ils ont essayé d'interpoler des passages dans le texte, ou l'ont mutilé par le retranchement de quelque partie essentielle. Les ariens nous ont laissé plus d'un exemple de cette odieuse et sacrilége fourberie. Semblables moyens ont été employés plus tard par des historiens indignes de ce nom. Il faut donc éviter d'admettre des faits sans preuves.

Mais s'il faut se précautionner contre la crédulité, il faut éviter aussi l'excès contraire. L'insurmontable répugnance à admettre des faits plausibles est le scepticisme, le pyrrhonisme dans l'histoire. « L'abus du savoir produit l'incrédulité, » a dit Jean-Jacques Rousseau, qui n'était incrédule que quand il s'agissait de religion. Nous avons un exemple de l'abus du savoir, de l'originalité du talent qui produit ce scepticisme, dans la personne du célèbre père Hardouin, de la Compagnie de Jésus. Sa vaste érudition est incontestable; mais il avait le goût des paradoxes et la manie des opinions excentriques. D'après lui, tous les écrits anciens étaient supposés, à l'exception des ouvrages de Cicéron, de l'histoire naturelle de Pline, des satires et des épîtres d'Horace, et des Géorgiques de Virgile. L'Énéide du poëte mantouan était, d'après le père Hardouin, composée par un bénédictin du XIIIe siècle, qui avait voulu décrire allégoriquement le séjour de saint Pierre à Rome. Il n'est pas moins clair pour lui que les odes d'Horace sont aussi dues aux enfants de saint Benoît. Il prétend qu'aucune médaille ancienne n'est authentique, ou, du moins, qu'il y en a très-peu qui le soient.

Les règles de critique se divisent en intrinsèques et extrinsèques.

§ 1. Règles de critique intrinsèques. — Elles se rapportent aux faits considérés en eux-mêmes.

Première règle. Il faut examiner si le fait est conforme à la chronologie. S'il ne l'est pas, il est inadmissible.

Qu'il s'agisse, par exemple, de la fameuse histoire de la papesse Jeanne, qui aurait occupé le siége apostolique entre le règne de Léon IV, mort en 855, et celui de Benoît III. Il conste : 1°) que Benoît III a succédé immédiatement à Léon IV ; 2°) qu'il n'y a eu, entre ces deux pontifes, que quelques jours d'interrègne. Voilà l'erreur démontrée par la vérification chronologique. Cette fable ridicule ne fait plus de dupes ; tous les savants, et parmi eux plusieurs protestants sont d'accord pour la rejeter comme mensongère. Aucun auteur ancien n'en a fait mention. D'après des historiens, elle n'était pas encore inventée en 1137, sous le règne de Louis le Gros ; d'après d'autres, on la trouve seulement dans la chronique de Marianus Scot, au XIe siècle, et dans celle de Martin de Pologne, au XIIIe. Plusieurs critiques regardent même comme fort douteux que Marianus Scot et Martin aient écrit cette fable ; elle ne se trouve pas dans les anciens manuscrits de ces chroniques (1).

Deuxième règle. On doit examiner si les usages, les mœurs et les autres circonstances de personnes, de lieux et de temps, s'accordent avec le fait.

Des écrivains hostiles à l'Église ont osé dire que, lors de la réconciliation de l'empereur Frédéric Ier avec le pape Alexandre II, celui-ci mit dédaigneusement le pied sur la tête du monarque prosterné devant lui. Cette calomnieuse assertion ne soutient pas la critique.

Le concile de Tours se tint en 1163. Avant, pendant et après le concile, beaucoup d'évêques allemands se soumirent à Alexandre. Au concile

(1) V. Nat. Al. D. 3 in sæc. 9. — J. B. Palma, t. 2, p. 2, c. 9.

de Tours, il ne fut plus question d'excommunier de nouveau l'empereur; au contraire, l'évêque de Lisieux, chargé de faire le discours d'ouverture au nom du pape, parla des bonnes qualités de Frédéric et fit des vœux pour sa conversion. On voit par là les sentiments nobles et généreux d'Alexandre. Mais Frédéric attendit encore plus de douze ans pour se réconcilier.

L'empereur consentit enfin à faire la paix avec l'Église, le roi de Sicile et les Lombards. Dès le lendemain du jour où Frédéric fut arrivé à Venise, le pape lui envoya, de grand matin, six cardinaux pour l'absoudre. Le doge conduisit l'empereur à l'église de Saint-Marc. Le pape l'y attendait à la porte avec des cardinaux et des évêques, en présence d'un peuple innombrable. L'empereur, s'étant approché, ôta spontanément son manteau royal et se prosterna aux pieds du pape. Alexandre, touché jusqu'aux larmes, le releva avec bonté, le bénit et lui donna le baiser de paix. Puis on entonna le *Te Deum*. L'empereur prit le pape par la main droite, le conduisit jusque dans le chœur, demanda et obtint sa bénédiction. Puis il retourna au palais du doge.

Le lendemain le pape voulut célébrer la messe pour l'empereur, qui avait demandé cette faveur au saint-père. Frédéric vint le recevoir à la porte de l'église. Après l'évangile, il s'approcha de l'ambon pour entendre prêcher le pape. Le sermon se faisait en latin ; le pape chargea le patriarche d'Aquilée d'expliquer le sermon en allemand à l'empereur. Après la messe, Frédéric conduisit Alexandre jusqu'à la porte, tint, selon l'usage, l'étrier quand le pape monta à cheval, et le conduisit quelque temps par la bride, comme s'il eût voulu donner un témoignage public et solennel de sa soumission à l'Église et de son respect pour le souverain pontife.

Le jour suivant, l'empereur fit au pape une visite d'amitié. La conversation fut affectueuse et gaie, mêlée même de quelques plaisanteries, qui décèlent, plus que toute autre manifestation, la bonne entente.

Six jours après, le 1er août, la paix fut solennellement jurée. La séance se tint dans une salle du palais patriarcal, où logeait le pape. Le roi y vint avec sa cour. Après que le pape eut témoigné, dans un petit discours, la joie que lui causait la conversion de l'empereur, celui-ci reconnut publiquement qu'il s'était trompé, en suivant de mauvais conseils.

Cette histoire détaillée de la mémorable pacification est écrite d'après le biographe du pape Alexandre et la chronique de Romuald, archevêque de Salerne, témoins oculaires. Ils ne disent pas un mot de la circonstance qu'on ajoute, que le pape mit le pied sur la tête de l'empereur prosterné à ses pieds (1).

Il existe à Venise un tableau qui représente l'empereur et le pape dans cette position; c'est ce qui a donné lieu à la calomnie. Mais ce tableau est allégorique. Nous voyons de ces allégories dans presque toutes les œuvres monumentales; il serait ridicule d'en déduire des conséquences. Personne n'a jamais songé à prétendre, par exemple, que le duc d'Albe ait mis le pied sur la tête d'une hydre, parceque la statue qu'il se fit élever à Anvers le représentait ainsi.

Troisième règle. Il faut examiner si les événements antérieurs et postérieurs s'accordent avec le fait rapporté.

On a longtemps prétendu, soit ignorance, soit malignité, que l'empereur Constantin, pour honorer le saint-siége, lui avait donné pour toujours, par un acte solennel, la ville de Rome avec l'Italie, et toutes les provinces de l'empire d'Occident.

Or l'on sait que Constantin et ses successeurs sont restés paisibles possesseurs de ce domaine. Dans le partage que l'empereur fit à ses enfants, il assigna l'Italie, avec l'Afrique et l'Illyrie, à

(1) Voir Rohrbacher, *Hist. de l'Église*, t. 16. 278.

Constant, le plus jeune d'entre eux, qui en prit possession, et y exerça le pouvoir suprême et indépendant. Ce fait postérieur détruit la prétendue donation qui aurait été faite au pape Silvestre.

Quatrième règle. Si les écrits qu'on attribue à un auteur contiennent des faits, des dates, des hérésies, des personnages postérieurs à l'époque où cet auteur vivait, il est évident que ces passages sont interpolés et doivent être rejetés par la saine critique. Tout l'ouvrage devient par là même sujet à caution.

Il en est des livres comme des monuments. Citons un exemple.

Lors de la dernière expédition française en Égypte, on découvrit deux zodiaques aux temples de Dendérah et d'Esné, dans la Haute-Égypte. Le zodiaque de Dendérah fut transporté à Paris. L'académicien Dupuis, d'abord disciple de l'athéisme et plus tard coryphée de l'impiété, prétendait le faire remonter à quinze mille ans, c'est-à-dire, à une époque antérieure de sept mille ans à l'ère chrétienne. Les esprits forts, ou philosophes du jour, étayèrent longtemps leur système d'incrédulité sur cette prétendue découverte. Si la supputation était vraie, elle renversait de fond en comble la chronologie de Moïse, qui ne rapporte la création de l'homme qu'à environ quatre mille ans avant la naissance de Jésus-Christ; elle renversait, par une conséquence nécessaire, l'autorité des saintes Écritures et tout l'édifice de la religion. Examinons le fait.

L'Égypte peut-elle revendiquer l'invention du zodiaque? D'après Duclot, ce ne sont pas des savants qui ont dessiné primitivement le calendrier zodiacal; il fut d'abord l'ouvrage de pâtres et de laboureurs qui observèrent simultanément les moissons et la génération successive du bélier, du taureau, du chevreau, dont ils comparèrent la périodicité avec les différents degrés d'ascension du soleil. Le zodiaque scientifique est dû aux Grecs d'Alexandrie; les savants sont d'accord sur ce point.

Si ce fait avait été représenté il y a quinze mille ans sur les monuments d'Égypte, comment les astronomes de la Grèce auraient-ils passé quatre à cinq siècles pour le découvrir, tandis qu'ils l'auraient eu sous les yeux?

« Ce n'est que l'an 1325 avant Jésus-Christ que l'année égyptienne, jusqu'alors de trois cent soixante jours seulement, a été augmentée des cinq jours qui lui manquaient. Comment donc les zodiaques de Dendérah et d'Esné pourraient-ils précéder de quatre mille ans l'ère vulgaire? Avoir un zodiaque depuis tant de siècles et ignorer combien il y a de jours dans l'année, n'est-ce pas une contradiction trop manifeste (1) ? »

Testa montre que les temples égyptiens sont d'une construction moderne relativement à l'antiquité que les impies leur attribuent. Le portique de celui de Dendérah était consacré *au salut de Tibère*. Testa demande si l'on ne pourrait pas rapporter au temps d'Auguste la construction du zodiaque d'Esné?

Le planisphère de Dendérah, apporté à Paris, fut soigneusement étudié par Delambre. Il ne craignit pas de décider que la construction est postérieure à Alexandre le Grand. M. Biot, l'un des plus célèbres physiciens modernes, prouva, par de savants calculs, que ce planisphère ne donnait que l'état du ciel tel qu'il était sept cents ans avant Jésus-Christ; il ajouta qu'il avait été construit après la naissance du Sauveur. « Pendant l'impression de l'ouvrage que je soumets ici au public, dit-il dans sa préface, deux savants distingués, M. Champollion le jeune et M. Letronne, ont, par des découvertes fort diverses, jeté une lumière toute nouvelle sur l'époque véritable à laquelle ont été faites les sculptures astronomiques de Dendérah et de Latopolis (Esné)..... M. Champollion a trouvé que l'alpha-

(1) *Bible vengée*, Duclot, t. 1, p. 50.

bet hiéroglyphique reproduisait les titres et les noms de plusieurs empereurs romains, tels que César, Tibère, Domitien, Claude, etc. Il a cru même reconnaître sur le contour extérieur du zodiaque circulaire de Dendérah le mot *autocrator*, exprimé dans ce genre de caractère ; ce qui établirait que ce monument a été sculpté sous la domination romaine. Le travail de M. Letronne, quoique conduisant à des résultats équivalents, est fondé sur des preuves d'une nature toute différente. Il repose sur la discussion des inscriptions grecques trouvées en Égypte, et dont quelques-unes étaient sculptées sur les temples mêmes de Dendérah et de Latopolis (1). »

Or, le mot *autocrator* se rapporte à Néron, d'après les savants.

Le temple de Latopolis ou d'Esné, qu'on a fait remonter à l'année 2700 ou 3000 avant Notre-Seigneur, présentait sur une colonne, peinte et sculptée dans le même style que le zodiaque, une inscription remontant à la dixième année du règne d'Antonin.

M. Caillaud a rapporté de Thèbes un cercueil de momie contenant, d'après l'inscription, le corps d'un jeune homme mort dans la dix-neuvième année du règne de Trajan. Or, on trouva

(1) *Recherches sur plusieurs points de l'astronomie égypt.*, p. 36.

dans ce cercueil un zodiaque divisé au même point que ceux de Dendérah et d'Esné.

Ainsi, l'invention du zodiaque, l'architecture et les inscriptions sont postérieures à l'époque que Dupuis, Fourier et autres incrédules ou impies ont attribuée aux zodiaques de Dendérah et d'Esné.

Dans le vertige de leurs folles erreurs, ces philosophes n'ont pas même tenu compte de cette règle, dictée par le simple bon sens, que quel que soit l'état du ciel représenté par ces zodiaques, il n'en résulte pas qu'ils aient été faits à l'époque où le ciel était dans cet état. Autant vaudrait dire : ce tableau représente la Jérusalem antique, donc il a été fait par un peintre qui précéda Tite et Vespasien; ce livre traite de l'histoire ancienne, donc il n'est pas écrit par un écrivain moderne; le lion occupe le premier et le plus haut lieu à main droite, dans un zodiaque placé sur la façade d'une des portes de la cathédrale de Paris, donc cette cathédrale a été construite dans le temps que le solstice d'été tombait dans le lion (1).

(1) Voir Cuvier, *Disc. sur les révol. du globe*, 333. — Wiseman, *Discours* 8e. — Migne, *Sacra script.*, t. III, p. 1684. — Duclot, *Bible vengée*, t. I, p. 42. — Nicolas, *Etud. phil.*, t. I, p. 200. — Lieberman, *Théol.*, t. I, p. 253. — Perrone, *Théol.*, t. III, n. 221.

Voilà les égarements de raison où conduit l'impiété avec ses absurdes systèmes.

Cinquième règle. La confiance la plus illimitée est due aux documents que la sainte Église approuve, et ceux qu'elle rejette ne méritent en aucune manière d'être admis.

Cette règle se rapporte surtout au *canon* de l'Église. « On appelle *canoniques* les livres qui sont contenus dans le *catalogue* des Écritures que l'Église reçoit comme inspirées. C'est pourquoi l'on regarde la canonicité d'un livre comme un témoignage authentique de l'inspiration ; de sorte que, pour s'assurer si un livre a été divinement inspiré, s'il fait partie de l'Écriture sainte, il suffit de savoir s'il se trouve dans le *canon* reçu dans l'Église. Sous ce point de vue, les expressions *livre canonique, livre sacré* ou *divin,* deviennent synonymes; elles signifient la même chose. On distingue les livres *proto-canoniques* et les livres *deutéro-canoniques.* Les premiers sont ainsi appelés parce qu'ils ont toujours été reçus dans toute l'Église comme *canoniques;* leur canonicité n'a jamais souffert, nulle part, la moindre difficulté. Les livres deutéro-canoniques sont ceux qui, ayant d'abord passé pour douteux dans quelques Églises particulières qui n'en connaissaient pas suffisamment l'origine, ont été ensuite ajoutés au canon des livres proto-canoniques.

Quant aux livres publiés sous le nom des patriarches et des apôtres, qui n'ont été admis ni comme authentiques, ni comme canoniques, on les appelle *apocryphes,* soit qu'ils contiennent des erreurs, soit qu'ils n'en contiennent point.

§ 2. Règles de critique extrinsèques.—Elles se rapportent aux écrivains.

Première règle. On doit examiner avec prudence les qualités de l'esprit et du cœur de l'écrivain; s'il a eu en partage la science et, pour le moins, les vertus morales. Il importe souvent de connaître quelle était sa religion, quels étaient ses intérêts personnels; de savoir s'il a eu une part active dans les affaires de l'Église ou de l'État, s'il a favorisé quelque parti, quelque secte, quelque faction; s'il est homme de théorie ou de pratique, partisan d'opinions singulières ou communes; en quelles circonstances il a vécu, pour quel motif il a écrit, etc. Personne n'ignore l'empire qu'exercent sur un auteur, même malgré lui, l'esprit de secte ou de caste, l'amour de la patrie, les inclinations ou les haines, en un mot, le préjugé.

Le savant dominicain espagnol Melchior Cano donne trois règles pour distinguer les bons historiens des autres.

La première est d'examiner si les historiens ont une certaine probité qui les rende incapables de vouloir en imposer au public, en assurant qu'ils auraient vu ou entendu un fait qu'ils n'auraient ni vu ni entendu.

La seconde est de préférer les auteurs judicieux et qui ont du discernement à ceux qui en ont peu.

La troisième est de donner créance aux auteurs que l'Église aura jugés dignes de son approbation et de rejeter par conséquent ceux qu'elle aura désapprouvés, comme ceux qui sont marqués dans le décret du pape Gélase (1).

Deuxième règle. Toutes choses égales d'ailleurs, a) le témoignage d'un auteur contemporain, qui écrit les événements de son temps, a plus de valeur que le témoignage d'un auteur non contemporain.

Les livres les plus anciens qui soient au monde sont ceux de Moïse. Dès lors, nous avons des témoins oculaires de tous les faits consignés dans l'histoire sainte, ce qui forme la plus certaine et la plus respectable des traditions. « La véritable religion a cet avantage, dit Fleury, que l'origine en est certaine et la tradition suivie jusques à nous sans interruption. Son origine

(1) *De loc. theol.*, l. 2. c. VI

est certaine, puisqu'il est constant, par le témoignage même des infidèles, que Jésus-Christ est venu au monde..... Nous avons entre les mains son histoire écrite par ses disciples témoins oculaires; nous avons les prophéties qui l'avaient promis si longtemps auparavant, et nous en avons les dates et les auteurs, à remonter jusques à Moïse, dont les livres sont les plus anciens qui soient au monde. Il n'en est pas de même des fables sur lesquelles était fondée la religion des Grecs et des autres anciens païens. »

L'histoire de Jésus-Christ a été écrite par ses disciples, témoins oculaires. Saint Jean, après avoir parlé du soldat qui ouvrit le cœur de Jésus, ajoute, en parlant de lui-même: « Celui qui l'a vu en a rendu témoignage, et son témoignage est vrai; et il sait qu'il dit la vérité, afin que vous croyiez » (c. 19, v. 35). Il l'a vu ; donc il a eu la science : il sait qu'il dit vrai ; donc il a eu la véracité. Quel témoignage plus convaincant peut-on requérir? Le même évangéliste dit dans le chapitre suivant : « Jésus a encore fait beaucoup d'autres miracles en présence de ses disciples, qui ne sont pas écrits dans ce livre. Mais ceux-ci sont écrits afin que vous croyiez que Jésus est le Christ, fils de Dieu, et que, en croyant, vous ayez la vie éternelle en son nom » (v. 30). Saint Jean, dans l'avant-dernier verset de son Évangile, après avoir rappelé ce que Jésus dit de lui à saint Pierre, ajoute : « C'est ce disciple qui rend témoignage de ces choses et qui écrit ceci ; et nous savons que son témoignage est véritable. »

On a attribué des miracles à Mahomet ; mais c'est l'assertion d'écrivains qui ont vécu longtemps après cet homme fameux. Mahomet lui-même disait à ceux qui lui demandaient des miracles pour preuves de sa mission : « Dieu ne m'a pas envoyé pour faire des miracles ; Moïse et Jésus-Christ en ont fait assez. » Cet aveu, dans la bouche de Mahomet, est d'un grand poids en faveur de la vérité catholique et inventions mahométanes.

b) L'autorité des auteurs non contemporains augmente à mesure qu'ils ont vécu à des époques plus rapprochées de l'événement qu'ils décrivent.

S'il conste pourtant que des auteurs plus anciens ont été moins consciencieux ou moins instruits que des auteurs plus récents, ou que ceux-ci ont eu des documents inconnus jusqu'alors, ou découvert des sources ignorées, leur témoignage est prépondérant.

L'autorité des historiens qui sont de longtemps postérieurs aux événements qu'ils racontent, doit être évaluée d'après les témoignages qu'ils citent et les sources où ils ont puisé.

Ces deux dernières règles doivent surtout être observées pour une foule d'histoires que des écrivains du moyen âge ont insérées dans les Vies de quelques saints. Mabillon donne cet avertissement.

De l'argument négatif.

L'argument négatif consiste dans le silence des auteurs. Le silence est une raison plausible pour ne pas admettre sans réserve l'authenticité d'un fait, etc. Nous en avons vu des exemples.

Pour que l'argument négatif ait de la force, il faut qu'il conste : a) du silence de tous les auteurs ; b) que les documents contemporains n'ont pas péri ; c) qu'il n'y avait pas de raison pour garder ce silence.

FIN.

www.ingramcontent.com/pod-product-compliance
Ingram Content Group UK Ltd.
Pitfield, Milton Keynes, MK11 3LW, UK
UKHW021043180726
13838UKWH00004B/1988

9 782329 365343